Ely, la jirafa descontenta
Ely, the Upset Giraffe

Requests for permission to make copies of
any part of the work, should be mailed to:
Permissions,
Sweet Dreams Bilingual Publishers, Inc.
1713 NW 97th Terrace,
Coral Springs, Florida 33071 - USA
librosbp@earthlink.net
http://www.bilingualpublishers.com

BROVELLI, Tito Alberto
Ely, la jirafa inconforme / Ely, The Upset Giraffe
Pictured Book / Juvenile Fiction
Giraffe Fiction, Spanish, Bilingual,
Hispanic, Multicultural

Illustrations: Work made for hire
by Rafael SANCHEZ MUÑOZ

Literary Translation: Work made for hire
by Kirk ANDERSON

Consultant:
Martha E. Galindo

Multicultural Approach Revisions:
April Quisenberry-Alvarado
Gabriela Pérez-Bayer
Gisela Labrada

Summary: A little giraffe doesn't like her body.
She thinks this is why she doesn't have more friends.
Then, when a magician turns her into a lion, the other
animals keep their distance. Finally, she understands
and wants her original body back.

ISBN # 0-9673032-3-0

The illustrations in this book were done in
watercolors on 140 lb cold pressed paper

First Edition 2001

Printed and bound by
Times Offset (Malaysia) Sdn Bhd

Ely, la jirafa descontenta
Ely, the Upset Giraffe

Cuentos Bilingües ● *Bilingual Stories*

Autor / *Author*
TITO ALBERTO BROVELLI

Ilustrador / *Illustrator*
RAFAEL SÁNCHEZ MUÑOZ

Traductor / *Translator*
KIRK ANDERSON

SAN JOSE PUBLIC LIBRARY

3

Ely, la jirafa, debido a sus patas torcidas y a su largo cuello se siente fea con relación a los demás animales. "¿Por qué tengo este cuerpo", se queja y creyendo que los demás animales se ríen de ella, le pide a un viejo mago que le cambie su aspecto. Triky, el mago, para su sorpresa la transforma... ¡en un león! Ahora los demás animales le temen y se alejan. Ely descubre que la querían como era y desea regresar a su cuerpo original.

●

Ely, the giraffe, feels ugly with her twisted legs and long neck. "Oh, why do I have this body," she complains, and thinking the other animals are laughing at her, she asks an old magician to change her appearance. Triky, the magician, surprises her by turning her into a lion! Now the other animals are afraid of her and keep their distance. Ely discovers that they liked her the way she was and wants her original body back.

SWEET DREAMS BILINGUAL PUBLISHERS, Inc.

Florida - USA

Un verdadero amigo te querrá tal cual eres.
La auténtica belleza está en el corazón.

A true friend will love you as you are.
Real beauty is in the heart.

— T. A. B.

Era verano, hacía mucho calor y los animales se juntaban en el río para refrescarse. Allí pasaban el día entero, divirtiéndose.
No todos, pues alguien se mantenía lejos del grupo. Era Ely la jirafa, quien se escondía por alguna razón. ¿Qué le estaría pasando a Ely?

It was summer; it was very hot, and the animals were cooling off in the river where they spent the day having fun. But not everyone; someone stayed far from the group. It was Ely, the giraffe, who was hiding for some reason. What was wrong with Ely?

-"Oh, por qué tendré este cuerpo" -se quejaba Ely.
"Mis patas son muy largas y las choco cuando camino. Mi cuello también
es largo y tardo mucho en alcanzar la comida. Y tengo ojos saltones, unos
cuernitos feos y manchas por todo el cuerpo. ¿Por qué habré nacido así?"

*"Oh, why do I have this body," complained Ely. "My legs are so long and I
bump them when I walk. My neck is long too, and it takes me a long time
to reach my food. My eyes bulge out and I have ugly little horns. Why was
I born this way?"*

Pobrecita, la jirafa estaba descontenta con su cuerpo y creía que los demás animalitos se reían de ella. En realidad eso no era cierto, pero ella se sentía diferente y fea. Por eso se escondía y no jugaba libremente como los demás.

Poor little giraffe, she didn't like her body and thought the other animals were laughing at her. This really wasn't true, but she still felt different and ugly. That's why she kept on hiding and didn't play with the others.

Una vez, mientras Ely se lamentaba en voz alta, pasó por el lugar un viejo mago. Era Triky, quien escuchó las quejas de Ely.
-"¡Qué difícil es ser jirafa!", pensó el mago y continuó su paseo.

One day, while Ely was grumbling, an old magician passed by. It was Triky, who listened to Ely's complaints.
"It must be hard being a giraffe!" thought the magician, who continued on his way.

Más tarde, Triky no se podía olvidar de la pobre jirafa:
"Tal vez pueda hacer algo por ella...", dijo y fue a buscar a Ely.
-"Creo que puedo ayudarte a cambiar tu cuerpo" –le dijo-; "pero no para
siempre, sólo por un tiempo. ¿Quieres hacer la prueba?"

*Later on, Triky couldn't stop thinking about the poor giraffe: "Maybe I can
help her...," he said, and then he set off to find Ely.
"I think I can help you change your body," he said, "but not forever, just
for a while. Do you want to give it a try?"*

Las palabras de Triky hicieron feliz a la jirafa.
-"Oh, ¿usted hará eso por mí señor mago, podré tener un cuerpo
más pequeño?" -preguntó Ely muy emocionada.
-"Claro que sí, para eso soy mago", contestó Triky, quien hizo un
movimiento con la mano y... ¡Ka-Choomm!...
convirtió a la jirafa en un león.

Triky's words made the giraffe happy.
"Oh, could you do that for me, Mr. Magician? Could I have a smaller
body?" said Ely excitedly.
"Of course, that's why I'm a magician," answered Triky, and without
wasting a moment, he waved his hand and... Ka-choom!, he turned the
giraffe into a lion.

"¡Grrr-Grrr!", rugió Ely, quien no podía salir de su sorpresa al verse con
patas de león, un cuello corto y fuerte, y dientes largos
y afilados. ¡Hasta podía correr como el viento!
Era un verdadero león...
"¡Por fin soy como los demás!" exclamó con alegría.

"Grrr-Grrr!" roared Ely who couldn't believe her eyes when she saw her
own lion feet, felt her short, strong neck and sharp teeth, and she could
even run like the wind! She was a real lion...
"At last I'm like everyone else!" she exclaimed with delight.

Ely se sentía feliz y esperaba que la invitaran a jugar e ir a fiestas y a pasear. Sin embargo, los días pasaban y nada de eso sucedía. Los demás animales se mantenían lejos y ella estaba tan sola y aburrida como antes.

Ely was happy and waited for the others to come over to play and invite her to parties. But the days went by and nothing happened. The other animals stayed far away and she felt as lonely and bored as before.

-"¿Por qué no juegas conmigo?" -le preguntó Ely a un venado y éste le dijo: -"Porque tú ahora eres un león y puedes comerme".
Ely le preguntó lo mismo a Toto el mono y éste respondió:
-"Es que tú ahora corres rápido y puedes cazarme. Cuando eras jirafa yo quería jugar contigo, pero tú siempre te escondías..."

"Why don't you play with me?" Ely asked a deer, who responded: "Because now you're a lion and you can gobble me up."
Later on, Ely asked the same question to Toto, the monkey, and he answered: "Now you run too fast and you can hunt me down. When you were a giraffe I wanted to play with you, but you were always hiding..."

Ely habló con las cigüeñas, el rinoceronte y las cebras,
y todos estuvieron de acuerdo:
-"Nos gustabas más cuando eras jirafa porque eras buena. Al ser tan
alta tú veías lejos y nos avisabas sobre cualquier peligro.
Ahora nadie nos ayuda y siendo león, nos das miedo".

*Ely also asked the storks, the rhino and the zebras, and everyone said the
same thing: "We liked you more when you were a giraffe, because you were
nice. You were so tall you could see far away and warn us of any danger.
Now, we don't have anyone to help us and since you're a lion,
we're scared of you."*

Desesperada, Ely le pidió al mago que le devolviera su cuerpo de jirafa.
Triky pensó un rato y le dijo:
-"¿Estás segura que quieres volver a las patas torpes, al cuello largo y
a los cuernitos feos?"
-"Es lo que más deseo, señor mago; ayúdeme, por favor".
Entonces, Triky movió la mano y "Ka-Choomm" ¡Ely volvió a ser jirafa!

*Ely was desperate and asked the magician to turn her back into a giraffe.
The magician asked: "Are you sure you want to go back to your clumsy
legs, long neck, and ugly little horns?"
"It's what I really want, please help me Mr. Magician!"
So Triky waved his hand and Ka-Choom!, Ely turned back into a giraffe.*

Ely, la jirafa, descubrió así lo bueno que es sentirse bien con su propio cuerpo. También aprendió a hacer amigos y a compartir muchas cosas... Y por su altura de jirafa, volvió a ser útil a los demás y todos están contentos. Desde entonces la jirafa es muy, muy feliz...

That day, Ely, the giraffe, discovered how wonderful it is to feel good about her own body. She also learned to make and share ... Finally, she learned that since she's as tall as a giraffe, she can help others and everyone loves her. From then on, she's been a very, very happy giraffe...

El autor

TITO ALBERTO BROVELLI, es un escritor de ficción que se ha dedicado a trabajar para alimentar los corazones y las mentes de los niños. Después de desempeñarse durante la mayor parte de su vida como periodista y redactor creativo, descubrió el placer de captar la atención de los pequeños y jugar con sus fantasías. Más aún, por su contenido aleccionador, los cuentos de Tito sirven para promover el diálogo entre los pequeños y sus papás, maestros y otros adultos en sus vidas. Tito nació en Argentina y en 1996 se radicó con su familia en Filadelfia. Actualmente vive en Coral Springs, Florida.

The Autor

TITO ALBERTO BROVELLI, is a fiction writer aiming to dedicate his work to feed the hearts and minds of children. After working for a long time as a journalist and creative writer, he discovered the pleasure of captivating the attention of kids by playing with their fantasies. Tito´s books are a vehicle for promoting dialog between parents and children and other adults in their lives.
Tito was born in Argentina and moved to Philadelphia, in 1996. Now he lives in Coral Springs, Florida.

El ilustrador

RAFAEL SÁNCHEZ MUÑOZ, es un alegre e inquieto artista plástico, quien en los últimos 20 años se ha destacado en España como ilustrador de libros para niños. Actualmente, con su esposa Conchita vive en Pedraza, España, una pequeña ciudad medieval con muralla y torre de castillo, como las de los cuentos. Allí Rafael tiene su sala de exposición y venta de los paisajes que él mismo pinta -su otra pasión- donde la acuarela le permite expresar en magistrales planos de color y sombras, su extraordinaria percepción de esos magníficos campos de Castilla.

The Illustrator

RAFAEL SÁNCHEZ MUÑOZ, is a happy and restless artist who, in the last 20 years has excelled as an illustrator of children's books in Spain. He currently lives with his wife Conchita in Pedraza, Spain, a small medieval city with a wall and a tower castle like in the storybooks. There Rafael has his gallery of landscape paintings, his other passion, where watercolors allow him to express, in masterful strokes of color and shadow, his perception of the magnificent Castilian countryside.

El traductor

KIRK ANDERSON
Durante muchos años me ha costado entender realmente quién soy y encontrar mi lugar en este mundo. Lo descubrí aprendiendo idiomas y esto me ha llevado a una profesión que amo, la traducción. Tras aprender unos cuantos idiomas, he tenido la suerte de traducir literatura de más de 50 escritores originarios de más de 20 países diferentes. Por fin he encontrado mi vocación saltando las barreras idiomáticas.

The Translator

KIRK ANDERSON
It took me a long time to figure out who I really was and find my place in this world. I discovered it by studying languages and this led me to a profession I love as a translator. After learning a few languages, I've been lucky enough to translate literature by more than 50 writers from over 20 different countries.
I've finally found my vocation jumping over the language barrier day after day.

Other Bilingual Titles / *Otros Títulos Bilingües*

From: Sweet Dreams Bilingual Publishers, Inc.

Kiko, the Disobedient Dragon • *Kiko, el dragón desobediente*

Resumen: Este cuento es acerca de la obediencia, el aprendizaje y el respeto por los mayores.
Summary: This history is about obedience, diligent learning and respect for elders.
ISBN # 0-9673032-2-2 / Ages, 5-8
Hard Cover - First edition, 1999 - 24 pages, fully illustrated - USA $ 14.95, Canada $ 22.95

Mary, the Shy Oyster • *Mary, la ostra tímida*

Resumen: Mary, la ostra, descubre la propia belleza interior y su importancia.
Summary: Mary the Oyster discovers her own inner beauty and the importance of have it.
ISBN # 0-9673032-1-4 / Ages, 5-8
Hard Cover - First edition, 1999 - 24 pages, fully illustrated - USA $ 14.95, Canada $ 22.95

Water Belly, the Little Cloud • *La nubecita Panza de Agua*

Resumen: Altruismo, voluntarismo y responsabilidad social en una bien intencionada nubecita.
Summary: Altruism, volunteerism and social responsibility in a well-meaning little cloud.
ISBN # 0-9673032-0-6 / Ages, 3-8
Hard Cover - First edition, 1999 - 24 pages, fully illustrated - USA $ 14.95, Canada $ 23.95

I'll Make the Cars Fly! • *¡Haré que los autos vuelen!*

Resumen: A través de su sueño de crear un auto volador, un niño desarrolla su imaginación.
Summary: Through his dream to create a flying car, a boy develops his imagination.
ISBN # 0-9673032-4-9 / Ages, 5-8
Paperback - First edition, 2001 - 32 pages, fully illustrated - USA $ 10.95, Canada $ 16.95

Sweet Dreams Bilingual Publishers, Inc. is a Publisher whose focus includes Children's Story Books with texts in English and Spanish on the same page.

Its goal is to serve a variety of diverse markets where Education and the Spanish Language play a key role in contributing to true multicultural enrichment in our everyday lives.

Parents and teachers will find in these books good allies to promote cognitive and social growth in children. They will find entertainment, learning and a reason to share.

For more about **SDBP, Inc.**, please visit:

http://www.bilingualpublishers.com

Contact, e-mail:

librosbp@earthlink.net